Accro d'la planche

Lesley Choyce

Traduit de l'anglais
par Lise Archambault

orca currents

ORCA BOOK PUBLISHERS

Catalogage avant publication de Bibliothèque et Archives Canada

Choyce, Lesley, 1951-
[Skate freak. Français]
Accro d'la planche / Lesley Choyce.

(Orca currents)
Traduction de: Skate freak.
Publ. aussi en formats électroniques.
ISBN 978-1-4598-0193-6

I. Titre. II. Titre: Skate freak. Français. III. Collection: Orca currents
PS8555.H668S4914 2012   JC813'.54   C2011-907860-0

Publié en premier lieu aux États-Unis, 2012
Numéro de contrôle de la Library of Congress : 2011943743

Résumé : Quinn Dorfman a de la difficulté à l'école alors
que sa famille se désagrège. Et depuis qu'il est déménagé à la ville,
il n'a plus autant de plaisir à faire de la planche, sa passion.

MIXTE
Papier issu de
sources responsables
FSC® C016245

*Orca Book Publishers se préoccupe de la préservation de l'environnement; ce livre
a été imprimé sur du papier certifié par le Forest Stewardship Council®.*

Orca Book Publishers remercie les organismes suivants pour l'aide reçue dans le cadre
de leurs programmes de subventions à l'édition : Fonds du livre du Canada et Conseil
des Arts du Canada (gouvernement du Canada) ainsi que BC Arts Council
et Book Publishing Tax Credit (province de la Colombie-Britannique).

*Nous remercions le gouvernement du Canada pour l'aide financière reçue dans
le cadre du Programme national de traduction pour l'édition du livre.*

Photo de la page couverture par Getty Images

ORCA BOOK PUBLISHERS
PO Box 5626, Stn. B
Victoria, BC Canada
V8R 6S4

ORCA BOOK PUBLISHERS
PO Box 468
Custer, WA USA
98240-0468

www.orcabook.com
Imprimé et relié au Canada.

15 14 13 12 • 4 3 2 1

Pour Jody

Chapitre premier

Si ça en vaut la peine, fais-le. Si ça n'en vaut pas la peine, fais-le quand même. Telle est ma devise. Elle me permet de tenir le coup.

Je suis déboussolé depuis que j'ai quitté Willis Harbor. Ce n'est pas moi qui ai eu l'idée de déménager en ville. J'aimais vivre au bord de la mer. J'avais beaucoup de temps libre.

J'avais ma planche à roulettes. J'avais les rochers et les corniches. Lorsque je faisais de la planche sur les corniches, j'avais l'impression d'avoir des ailes. J'étais l'Homme-Oiseau.

Lorsque je suis arrivé en ville, les gars du planchodrome m'ont donné plein d'autres noms. Mais c'est celui d'*Accro* qui m'est resté.

Lorsque j'y vais pour la première fois, le planchodrome est plein. Tout le monde se connaît. Il y a des trottinettes, des patins à roues alignées, des vélocross et, bien sûr, des planches. Surtout des planches. Les autres ne sont que des obstacles. Et certains planchistes sont plutôt bons.

Je n'ai jamais vu de planchodrome. Chez nous, il y avait la route principale, un fossé asphalté, une rampe de perron d'église et le grand défi — les corniches. Ici, la ville a construit dans un parc, exprès pour les planchistes, des demi-tubes et des rampes et une quantité incroyable de murets bétonnés. Il y a au moins *une* chose intéressante dans cette sale ville.

Lorsque je roule sur ma planche, je me sens toujours à la fois relax et tendu, dans un état d'équilibre harmonieux. Au planchodrome, je ne sens rien du tout. Je pose ma planche, pompe pour prendre de la vitesse et me retrouve au milieu du bol. Il y a beaucoup trop de monde qui zigzague dans tous les sens. C'est la folie furieuse.

Certains me fixent d'un air mauvais. Mais je ne peux pas m'en aller, même si je perçois clairement le message de leurs regards hostiles. Il est évident qu'on ne m'aime pas.

Je suis nouveau. Je ne suis pas un des leurs. Lorsque quelqu'un arrive ici, ils le traitent comme un papier-mouchoir usagé. Bon pour la poubelle.

Je descends d'un côté du demi-tube et remonte de l'autre. Je ne cherche pas à impressionner. Deux gars me talonnent sur leurs planches. C'est comme un test. Je les ignore. J'ai le droit d'être ici autant qu'eux.

À deux reprises je dois sauter en bas de ma planche pour éviter d'entrer en collision avec des gars plus jeunes. Ils me fusillent du regard. Pourquoi?

Le simple fait que j'existe semble les agacer. Je continue de rouler, en douceur et sans épate. Je prends de la vitesse pour atteindre le rebord du demi-tube, arrive presque à décoller mais pas tout à fait, et replonge vers le fond, furieux.

J'entends une voix derrière moi.

— Hé, toi!

Le gars sur un vélocross qui m'adresse la parole me rentre dedans. Sa roue avant atterrit sur l'arrière de mes chevilles. Je tombe à genoux sur le béton. Le reste de ma carcasse suit jusqu'à ce que mes lèvres embrassent le sol.

Je n'ai qu'un souci : j'espère que ma planche n'est pas brisée.

Ça fait très mal, surtout lorsque mon front imite mes lèvres et vient frapper le béton.

Mais ce qui fait le plus mal, c'est mon orgueil.

Le gars du vélocross, lui, continue de rouler. Il m'a simplement utilisé comme un obstacle de parcours. Je vois un nom sur le dos de sa veste : *Hodge*.

Tandis que j'essaie de reprendre mes esprits, j'entends des rires. Puis un planchiste qui descend le demi-tube me fonce dessus en criant. En fait, il y en a deux. L'autre descend du côté opposé.

Je m'attends à un impact, mais ils me contournent à la dernière seconde et poursuivent leur course. Ils sont bons. Je me retourne, attrape ma planche et rentre chez moi en boitant.

L'Homme-Oiseau a perdu ses ailes. Il est cloué au sol.

Chapitre deux

Je suis à ma nouvelle école depuis presque une semaine. Il est clair que je ne m'intègre pas. Willis Harbor n'est qu'à une heure d'ici, mais on dirait une autre planète.

Je n'ai jamais été bon à l'école. Je sais dessiner, et même assez bien. Mais je n'ai aucune facilité avec les mots et encore moins avec les chiffres.

Les enseignants pensent que je suis stupide ou entêté ou, pire encore, ils me prennent en pitié.

Je n'ai pas d'autre ambition que celle de faire de la planche pour le reste de mes jours. Faire assez d'argent pour remplacer les roues et les essieux. Ça se résume à ça.

Mais l'école a quand même un bon côté. Un seul : la fille que j'ai vue mettre une planche dans son casier.

Elle n'est dans aucun de mes cours. Je ne l'ai vue que dans le corridor. Je ne suis pas le genre qui peut s'approcher d'une fille et lui dire : « Allo, je m'appelle Quinn Dorfman, mais tu peux m'appeler Dorf ». Pas du tout.

Je suis le genre qui marche furtivement dans le corridor comme un harceleur à l'affût. Est-ce assez pitoyable?

Malgré tous ses temps libres en période de chômage, mon père ne m'a jamais enseigné comment développer mes aptitudes sociales. Ma mère non plus. Après que mon père a perdu son emploi, elle a décidé de déménager dans l'Ouest pour se trouver un travail sérieux, comme elle disait. Ce qui veut dire que je ne peux compter que sur moi-même si je veux rencontrer cette fille.

Comme je suis trop timide pour demander à qui que ce soit comment elle s'appelle, je l'appelle FAP, pour Fille à planche.

Depuis mon accident au plancho-drome, j'ai la lèvre inférieure enflée et violacée et une croûte sur le front qui a l'air d'une tranche de saucisson. Ces détails tendent à renforcer mon image de loser, mais ça m'est égal. J'ai l'intention d'attendre que mon visage soit guéri avant d'essayer de parler à FAP.

Mais un après-midi, elle me surprend à l'observer dans le corridor. Comme si elle sentait que quelqu'un la regarde, elle se retourne. Et sourit.

En tout cas, je crois que c'est un sourire. Je n'en suis pas vraiment certain. C'est pour le moins un presque-sourire. Mais la cloche sonne. Elle ferme son casier et se sauve.

FAP a de longs cheveux foncés, des yeux noirs, un beau visage et — ah oui — une magnifique planche Homegrown, un de mes fabricants préférés. Un jour, je vais prendre mon courage à deux mains et lui dire combien j'aime sa planche.

C'est exactement ça que je vais faire.

Après l'école, je récupère ma vieille planche déglinguée de mon casier et crache sur la roue avant droite comme porte-bonheur. Des élèves plus jeunes me regardent d'un air dégoûté.

— Désolé, les gars, dis-je. C'est mon rituel.

Comme si c'était une explication suffisante.

Je n'aime pas devoir m'expliquer. Je fais ce que j'ai à faire et j'ai mes raisons.

Ou pas. Mais je le fais de toute façon.

Ça sent mauvais dehors. Une brasserie répand son odeur de fermentation dans tout le quartier. En roulant sur le trottoir, je chante *Garbageville* des Dead Lions et rêve à Willis Harbor.

Je n'ai ni écouteurs dans les oreilles ni MP3 dans ma poche. Ce n'est pas mon genre. Je fais ma propre bande sonore. Je ne chante pas aussi bien que Linus des Dead Lions, mais j'aime entendre le son de ma voix. J'ai mes groupes préférés : Dead Lions, Dope Cemetery, Crime of the Century, Skate Moms et Poorhouse. Parfois, la musique est dans ma tête seulement et ça me suffit. Les chansons me rappellent mon ancienne vie — et le bon vieux temps.

C'est vrai qu'à part la planche, il n'y avait pas grand-chose à faire à Willis Harbor. Mon père travaillait à l'usine de transformation du poisson et ma mère était serveuse dans un restaurant qui n'était achalandé qu'en été. Puis l'usine de transformation a fermé ses portes et mon père a fait de même, il s'est fermé au reste du monde.

C'était un travail minable, mais mon père ne s'est jamais remis de l'avoir perdu. Ma mère ne gagnait presque plus rien en pourboires depuis la fin de l'été. Puis elle a vu une annonce dans le journal. Une compagnie minière ou pétrolière offrait une formation gratuite aux femmes qui voulaient apprendre à conduire des poids lourds. Mais il fallait déménager dans l'Ouest.

Mon père n'était pas prêt à déménager, ni moi non plus.

Mais ma mère, elle, l'était.

Elle est partie. J'ai cru qu'elle reviendrait, mais je me suis trompé.

Mon père s'est trouvé désemparé. Il a cru qu'il trouverait du travail à la ville.

Peut-être à la brasserie. Il pensait qu'un emploi allait lui tomber tout cuit dans le bec par le simple fait de déménager.

Mais son rêve ne s'est pas réalisé.

Les prestations d'assurance-emploi tirent maintenant à leur fin. Mon père va devoir cesser de rester assis à regarder la télé vingt heures par jour et se mettre à chercher du travail.

Depuis que je suis en ville, ma routine après l'école consiste à faire de la planche jusqu'à la tombée de la nuit et parfois après. Mais j'évite le plan-chodrome. Les rues me semblent moins risquées. Les voitures, c'est facile à comprendre. Mais les planchistes qui protègent leur territoire, non.

J'ai découvert quelques bonnes rampes. Toutes les églises en ont d'excellentes. La plupart sont vides les jours de semaine, et j'ai toujours le temps de faire quelques glissades avant d'être harcelé.

À Willis Harbor, il n'y avait qu'une rampe — celle de l'église, bien sûr. Le révérend Darwin, un noir Ghanéen très religieux, m'a surpris un jour où je rentrais des ollies et des glissades sur son parvis. Il est venu me parler.

— Comment est-ce que tu fais ça? m'a-t'il demandé.

— Je le vois dans ma tête. Ensuite je le fais.

— C'est très beau, ce que tu fais. Tes parents doivent être très fiers.

— Hein?

Je m'attendais à un sermon.

— Je suis content de voir un jeune homme qui s'occupe à des choses qui en valent la peine. Est-ce que tu crois en Dieu?

— Oui, dis-je pour lui plaire.

Si ça me donne accès à la seule rampe du village, je suis prêt à croire en Dieu.

— Excellent, dit-il. Que Dieu te bénisse.

Puis il est retourné dans son église. C'était comme ça à Willis Harbor.

Depuis que je suis en ville, je fais la ronde d'une demi-douzaine d'églises chaque jour après l'école.

Je me retrouve devant l'église baptiste où des gens font une répétition de leur cérémonie de mariage. Je devrais simplement passer mon chemin et aller à l'église catholique. Mais la rampe de l'église baptiste est nettement supérieure.

Je viens tout juste de descendre la rampe et d'atterrir sur le trottoir avec un claquement sec des roulettes lorsqu'une auto-patrouille arrive. Un agent met pied à terre avant même que la voiture ne soit complètement arrêtée.

Ma gorge se serre.

— Tu sais que tu enfreins la loi, n'est-ce pas? demande-t-il.

— Hum, dis-je.

Je me méfie des questions piégées.

— On t'a probablement déjà averti, n'est-ce pas?

— Pas vraiment, dis-je dans un murmure. D'où je viens...

Je me prépare à citer le révérend Darwin, mais il ne m'en donne pas l'occasion.

— Je ne sais pas d'où tu viens, dit-il, mais dans cette ville, le dommage matériel est une infraction.

— Je ne fais pas de dommage. Peut-être quelques écailles de peinture, mais...

— Ça s'appelle du vandalisme.

Les futurs mariés et leur entourage sont sur les marches et me regardent comme un assassin.

— Je suis désolé, dis-je.

— Tu as de la chance. T'en rends-tu compte? demande le policier.

— Vraiment?

— Ouais, dit-il. Le maire a une nouvelle lubie. Il veut rendre la ville plus accueillante pour les jeunes.

— C'est une b-b-bonne idée, dis-je en bégayant.

— Pour toi. Ça veut dire que cette fois-ci, je ne te donne pas de contravention et je ne t'emmène pas au poste.

— Merci, dis-je.

J'ai appris à être poli lorsqu'on me fait une faveur.

— Mais je vais confisquer ta planche, ajoute-t-il.

Sur ce, il attrape ma planche, se retourne et monte dans sa voiture.

— Si tu veux la ravoir, il faut que tu viennes au poste avec un de tes parents.

Puis il s'éloigne.

Avec ma planche.

Chapitre trois

Mon père regarde une reprise de *Qui veut gagner des millions?* lorsque j'arrive à notre appartement minable.

— C. La réponse est C, dit-il en direction de l'écran.

— Papa?

— Une minute.

Il ne quitte pas l'écran du regard.

J'entends la concurrente répondre :
« D. Réponse finale. »

— Désolé, la réponse est C, dit
l'animateur.

L'auditoire soupire.

Mon père se tourne vers moi.

— Si j'avais été à sa place, j'aurais
gagné cinquante mille dollars, dit-il.

— Papa, il faut que tu viennes avec
moi au poste de police.

— Au poste de police? dit-il en
élevant le ton. Qu'est-ce que tu as fait?

— Rien, vraiment.

— Tu as bien dû faire *quelque* chose.

— Ce n'est rien. Je faisais de la
planche devant une église. Un policier
est arrivé et m'a sermonné. Ensuite,
il a pris ma planche.

— Pourquoi est-ce qu'il faut aller
au poste, alors?

— Pour reprendre ma planche. Il a
dit que je devais amener un parent.

— Et je suis le parent de service?

— C'est ça. On y va tout de suite?

Je me sens tout nu sans ma planche. Je suis perdu. Désorienté.

— Non, dit-il. Je pense que c'est peut-être une bonne chose. Il est temps que tu arrêtes de t'amuser comme un enfant et que tu grandisses.

Il me vient à l'idée d'appeler ma mère. Mais la sonnerie de son cellulaire pourrait la déranger au milieu d'un cours. Et je risque de me mettre à pleurer en entendant sa voix. J'aimerais que mes parents reviennent ensemble, mais je sais que je n'y peux rien. Rien du tout. Je vais donc à la cuisine et réchauffe une pointe de pizza au micro-ondes. Je n'ai jamais rien mangé d'aussi dégueu. C'est possiblement la pizza la plus dégoûtante sur cette planète.

Samedi matin. Quelqu'un secoue mon épaule. Il fait noir. Je suis en terrain inconnu.

J'ouvre les yeux. Mon père est penché sur moi.

— Lève-toi, Quinn.

Je le regarde. Puis mes yeux font le tour de ma chambre minable. Comme chaque matin, je prends durement conscience que je ne suis plus à Willis Harbor. Ma vie est un désastre. Je regarde le réveil, qui indique six heures.

— C'est samedi, n'est-ce pas? dis-je.

— Oui.

— Je n'ai pas besoin de me lever pour aller à l'école.

Je remarque alors que mon père s'est peigné et qu'il porte un veston. C'est tout à fait bizarre.

— Non, mais il faut que tu te grouilles et que tu viennes au poste de police avec moi, dit-il en souriant.

Je ne l'ai pas vu sourire comme ça depuis que ma mère est partie. J'imagine qu'il compatit à ma peine d'avoir perdu ma planche. Il redevient le père que j'ai connu à Willis Harbor.

Je me lève comme si un ressort m'avait poussé et ramasse mes vêtements sur le plancher.

La ville est étrangement agréable tôt le matin. Les rues sont presque désertes. Je commence à me sentir plus à l'aise. Nous arrivons au poste à six heures trente.

Mon père est nerveux.

— Nous sommes ici au sujet de la planche à roulettes de mon garçon, dit-il au préposé assis derrière le comptoir.

— La planche à roulettes?

— Hier, dis-je. Il a dit que je devais venir la chercher avec un de mes parents.

— Qui ça, il?

— Le policier.

— Tu ne sais pas son nom?

— Il ne me l'a pas dit.

— Tu aurais dû le demander.

— C'était juste hier, intervient mon père. Pouvez-vous nous aider à la trouver?

— La nuit a été longue, dit l'homme en soupirant. D'accord. Nous avons une pièce remplie de bicyclettes et de planches. Allons voir.

Nous le suivons dans le corridor. Cet endroit met mon père mal à l'aise. Moi aussi. Nous avons probablement regardé trop de séries policières à la télé. Le corridor est loin d'être propre.

— Beau milieu de travail, dit mon père pour détendre l'atmosphère.

— Le concierge a démissionné cette semaine, dit l'homme en riant. Le directeur semble trop occupé pour en engager un autre.

Il s'arrête et ouvre une porte. J'aperçois une vingtaine de bicyclettes et une montagne de planches. Il y en a au moins une cinquantaine.

— La tienne est probablement quelque part là-dedans, me dit-il.

Ma planche et moi avons une affinité particulière, presque spirituelle. Je m'avance et attrape les essieux. Je dégage ma planche du tas en un instant. Je sens que toutes les pièces de l'univers se remettent en place. J'aurais pu prendre n'importe quelle planche. J'aurais pu prendre une planche très chère. Mais je voulais *ma* planche.

— Ah, les jeunes, dit l'homme à mon père. J'en ai un moi aussi. Quinze ans. Il est accro des jeux vidéo. Je ne le comprends pas.

— Je sais ce que vous voulez dire, répond mon père.

J'ai le sourire fendu jusqu'aux oreilles. Les deux hommes secouent la tête et rient tandis que nous parcourons le corridor en sens inverse.

— Vous cherchez donc un nouveau concierge? demande mon père.

— Et comment! Pourquoi?

— Est-ce que je peux poser ma candidature?

— Pouvez-vous commencer demain?

— Certainement.

— Nous allons devoir faire des vérifications judiciaires à votre sujet. Ça vous va?

— Aucun problème.

Dans l'air frais du matin, le monde me semble un peu plus accueillant. Aucune odeur n'émane de la brasserie et je crois sentir le doux parfum de l'air salin.

Mon père m'amène déjeuner au restaurant et nous nous empiffrons comme des cochons. C'est génial.

— J'ai toujours voulu être concierge, dit mon père après que nous ayons engouffré notre repas d'œufs, bacon et frites.

Il blague, mais le ton de sa voix est celui d'un homme heureux. Il me sourit comme le père qu'il était avant. Avant que le monde ne s'écroule autour de nous.

Chapitre quatre

Le lendemain, mon père se lève tôt pour se rendre au poste de police. Je reste au lit à contempler les fissures au plafond. Puis ça me vient soudainement. *Dimanche matin.* Il n'y aura personne au planchodrome.

Je me lève d'un seul coup, ramasse mes vêtements, m'habille et prends ma planche. Je suis si excité que je l'embrasse.

Le parc du planchodrome est magnifique. L'air est frais et il n'y a pas de vent. Le soleil est encore bas dans le ciel et l'atmosphère est vibrante et limpide. L'odeur du béton mouillé est super. Puis j'entends un bruit. Il y a quelqu'un dans le bol.

Lorsque je l'aperçois, mon cœur s'arrête.

FAP remonte du bol et jaillit dans les airs, touche sa planche de la main et atterrit gracieusement sur la paroi, presque sans faire de bruit. Elle est seule.

Elle remonte de l'autre côté du bol et recommence sa manœuvre. Lorsque la pesanteur la ramène au fond, le mouvement de sa queue de cheval me paralyse d'émotion.

Elle saute de sa planche et la fait claquer. Elle reste là à me regarder. Moi, le gars figé.

Puis elle roule vers le demi-tube.

Je roule avec précaution jusqu'au bol qu'elle vient de quitter. Je descends, remonte à mi-chemin de la pente et roule de-ci de-là sans oser faire de tricks en sa présence.

J'essaie de rassembler mon courage pour aller la rejoindre et me présenter. Mais lorsque je tente enfin de me positionner sur le rebord du bol, elle y est déjà. À me regarder. Je rate mon ollie et ma planche dégringole au fond. Moi aussi.

Aïe!

FAP me regarde sans manifester aucune sympathie.

— Qu'est-ce que tu fais ici? demande-t-elle d'un ton glacial.

— J'essaie d'éviter les foules, dis-je en tentant de me relever avec ce qui me reste de dignité.

— J'aime avoir toute la place à moi toute seule, dit-elle.

— Désolé.

— Il y a trop de gars hostiles durant la semaine. Ça ne vaut pas la peine.

— Je te comprends.

Elle continue de me dévisager.

— Veux-tu que je parte? dis-je.

Remis sur mes pieds, j'attrape ma planche et remonte la pente vers elle.

— Je ne sais pas encore.

— C'est cool.

En matière de conversations avec les filles, je ne suis pas le gars le plus dégourdi.

— T'as un nom?

— Quinn Dorfman. On m'appelle Dorf.

— À ta place, je changerais de nom, dit-elle en riant. Dorf, ça fait abruti.

— Ça ne me dérange pas. J'ai l'habitude.

— Moi, c'est Jasmine, dit-elle.

— Sans blague, dis-je.

Je suis doué pour les réponses géniales.

— On m'appelle Jazz. Tu es en 8ᵉ année, n'est-ce pas?

— Ouais. Je t'ai vue à l'école moi aussi. Tu gardes ta planche dans ton casier.

Je fais un effort pour ne pas paraître plus abruti que je ne le suis.

— Et tu aimes dévisager. J'ai remarqué.

— Désolé. Je trouve...

Je me retiens juste à temps de dire qu'elle est mignonne ou jolie.

— Je trouve que tu as une super planche. Homegrown, n'est-ce pas?

— Ouais. Je l'ai eue en cadeau. Ma grand-mère me l'a offerte.

— Ta grand-mère fait de la planche?

— Ma grand-mère est morte maintenant. Et elle ne faisait pas de planche. Mais elle savait reconnaître ce qui est important.

— Désolé.

— À propos de quoi?

— Ta mamie qui est morte.

— Comment sais-tu que je l'appelais mamie?

— Je ne savais pas. C'est comme ça que j'appelais ma grand-mère. Elle est morte elle aussi.

— Désolée.

— Ça va. Tu veux rouler avant que ça se remplisse?

— D'ac.

Voici venu le moment où un gars veut montrer ce qu'il sait faire. En mettre plein la vue. Ce n'est pas original, mais je ne peux pas m'en empêcher. Je m'élance. Elle aussi. Il ne devrait y avoir personne d'autre ici que nous pendant la prochaine demi-heure. Le seul ennui, c'est qu'elle est aussi bonne que moi, peut-être même meilleure. Et elle le sait.

Soudainement, nous sommes envahis. Des enfants sur leurs petits vélos ou leurs trottinettes et quelques petits morveux sur des planches à roulettes.

Mon front se cicatrise et ma lèvre désenfle. J'ai encore des bleus à l'arrière des jambes, mais la douleur est supportable. Depuis que j'ai rencontré Jasmine, je ne déteste plus autant l'école malgré… malgré tout le reste.

Lorsque je passe devant son casier, je m'arrête pour lui dire bonjour.

— Tu me suis encore? demande-t-elle en souriant.

Je rougis instantanément. Je ne sais pas quoi répondre.

— Je blaguais, dit-elle. Ne t'en fais pas.

— Comment se fait-il que tu aies des roches dans ton casier? dis-je.

— Parce que j'aime les roches. Je les collectionne. Je veux être géologue.

— Ah. C'est cool.

Géologue? FAP veut être géologue?

Elle me tend une roche cristalline violette.

— C'est une améthyste.

Je la prends dans ma main. Fascinant! Elle me montre une autre pierre. Celle-ci est polie et elle a un motif incroyable.

— C'est une agate. Mais ce sont les géodes que je préfère, dit-elle en soulevant une autre roche.

— Elle est creuse.

— C'est ça qui est génial. De l'extérieur, on dirait une roche ordinaire mais à l'intérieur, il y a un royaume magique.

La caverne est tapissée de mille petits cristaux.

— Je sais où trouver des roches vraiment spéciales, dis-je pour alimenter la conversation.

— Vraiment?

Je lui rends l'améthyste.

— Eh bien, pas comme celles-ci, mais quand même incroyables. Vraiment étonnantes.

— Tu peux m'amener les voir un jour?

— Certainement. C'est au bord de la mer. Là où j'ai grandi. C'est un endroit très spécial.

— Quel type?

— Hein?

— Les roches. Quel type de roche?

— Hum. Du granite, je crois. On dit qu'elles ont des centaines de millions d'années.

— Bien sûr, dit-elle en riant. La plupart des roches sont très vieilles. Et elles racontent des histoires lorsqu'on sait les lire.

— Tu sais lire les roches?

— Oui, dit-elle.

La cloche sonne et elle remet les roches dans son casier.

— Tu dois être très intelligente, dis-je.

— Je le suis. Très intelligente.

J'imagine que mon visage révèle ma pensée : *Comment une fille si intelligente peut-elle s'intéresser à un gars comme moi?*

— Écoute, ce n'est pas une maladie incurable, dit-elle. Il faut que j'aille à mon cours de chimie. On se voit plus tard.

Je flotte jusqu'à ma classe d'anglais, déconcerté mais heureux. Elle a dit qu'elle m'accompagnerait à Willis Harbor. Aux corniches. Je vais demander à mon père de nous conduire. Non. Mieux encore, nous prendrons l'autobus. Je ne lui dirai pas qu'on peut rouler sur les corniches. Ce sera une surprise. Ce sera super.

La seule chose à laquelle j'excelle à l'école, c'est la rêverie. Je n'arrive pas à me concentrer sur les matières. Je trouve difficile de rester assis sans bouger et mon esprit vagabonde. Je m'imagine avec Jasmine sur les rochers de Willis Harbor. C'est comme si j'y étais. Mais je crains de la décevoir. Je crains qu'elle ne s'intéresse plus à moi lorsqu'elle me connaîtra vraiment.

Chapitre cinq

Ça fait plus de deux semaines que je n'ai aucune nouvelle de ma mère. Pas de courriel, pas de téléphone. Rien. J'appelle son cellulaire à quelques reprises, mais elle ne répond pas. Lorsque j'en parle à mon père, il ne veut pas en discuter.

— C'est un sujet qu'il vaut mieux éviter, dit-il.

Puis il se met à en parler.

— Rien ne va plus entre ta mère et moi depuis un certain temps.

— Je le sais. Je suis désolé.

— Ta mère est quelqu'un de bien. Je pense l'avoir déçue.

— Je pense que je l'ai déçue moi aussi.

— Pas toi, Quinn. Moi. J'ai perdu mon emploi.

— Ce n'était pas ta faute.

— Eh bien, j'ai mal réagi. Après avoir travaillé toutes ces années à l'usine, je pensais y rester jusqu'à la retraite.

— Mais tu as un emploi maintenant.

— Mais il est trop tard, n'est-ce pas? dit-il d'un ton amer.

Je voudrais le réconforter, mais je ne sais pas quoi dire.

Il pousse un profond soupir et change de sujet.

— À l'école, ça va?

Ça doit faire un million de fois qu'il me pose cette question. Pourquoi les parents la posent-ils sans relâche?

— Ça va. J'aime bien.

— Je ne te crois pas.

— Eh bien, il y a au moins une fille que j'aime bien.

— Tu as une petite amie? demande-t-il en souriant.

— Je n'ai pas dit ça.

— Comment s'appelle-t-elle?

— Jasmine.

— Elle s'appelle Jasmine? demande-t-il, intrigué.

— On l'appelle Jazz.

— Oh.

Ce nom n'évoque rien dans le monde de mon père. Mais je pense arriver à lui faire oublier ses soucis en lui en disant plus.

— Elle fait de la planche. *Et* elle est intelligente.

— Wow.

Et c'est ainsi que se termine la meilleure conversation père-fils que nous ayons eue depuis très longtemps.

Ma mère a sûrement un sixième sens, puisqu'elle nous appelle le soir même. Il est minuit chez nous. Mon père répond et j'ouvre la porte de ma chambre pour entendre quelques bribes de leur conversation.

Ils parlent pendant une vingtaine de minutes et le ton est sérieux. Après qu'il a raccroché, je vais le trouver.

— Pourquoi ne m'as-tu pas appelé? Je voulais lui parler.

— Elle a dit qu'elle ne pourrait pas te parler sans pleurer et ça, elle ne veut pas. Tu lui manques beaucoup. Elle a insisté pour que je te le dise.

— Comment va-t-elle?

— Elle poursuit sa formation, mais elle a déjà un emploi à temps partiel. Elle conduit une sorte de bulldozer. Peux-tu imaginer ta mère sur un bulldozer?

— Pas vraiment. Est-ce qu'elle s'ennuie de nous?

— Oui.

— Est-ce qu'elle va revenir?

— Je ne pense pas.

— Lui as-tu parlé de ton nouvel emploi?

— Non, dit-il en baissant la tête.

— Pourquoi pas?

Il ne répond pas. Il a l'air triste et abattu. C'est contagieux. Je suis triste et abattu moi aussi. Je me sens rejeté par ma mère. Mon père et moi sommes deux losers dans un appartement minable. Je n'avais pas remarqué la couleur des murs avant. On dirait du vomi.

Le lendemain, la tristesse fait place à la rage. J'en veux à ma mère d'être partie. Mais je la comprends. J'en veux aussi au monde entier. Il m'arrive de me mettre en colère contre les événements. Je suis comme ça.

Le prof de math m'a posé une question. Comme je ne me rappelle plus ce qu'il m'a demandé, je donne ma réponse habituelle :

— Je ne sais pas.

— Tu ne veux même pas essayer? demande M. Carmichael.

— Non, dis-je.

— Tu ne vas pas aller très loin dans la vie avec cette attitude, sermonne-t-il.

J'ai envie de lui clouer le bec, mais je ravale mes paroles.

Je ne veux pas que Jasmine me voie dans cet état. À midi, je disparais de l'école. Je n'ai qu'une idée en tête : retourner à Willis Harbor. Mais je n'ai pas les moyens de prendre le bus.

Je me rends plutôt au plancho-drome. Il y a une foule d'élèves des écoles environnantes, mais ça m'est égal. Je descends dans le bol et joue des coudes. Puis je passe au demi-tube et me propulse au maximum de vitesse. Chaque envolée est suivie d'une descente abrupte où je ne touche la paroi qu'à mi-hauteur.

Les autres, voyant mon visage renfrogné, s'écartent de mon chemin.

Je suis toujours en colère, mais d'être ici m'apaise un peu.

Au moment où je crois avoir le demi-tube à moi seul, Hodge, le salaud du vélocross, arrive. Il porte des lunettes de soleil. Avant que j'aie pu m'en rendre compte, il me suit comme une ombre, imitant chacun de mes mouvements — sur son vélocross.

Il est vraiment bon. Je ne pensais pas qu'on pouvait faire ça sur un vélo-cross. Mais Hodge, lui, en est capable.

Je ne ralentis pas, mais je dois le garder à l'œil. Chaque fois que je redescends, il est là, tout près de moi. Lorsque nous atteignons le sommet et décollons, il semble pouvoir rester suspendu dans les airs une fraction de seconde plus long-temps que moi, si bien que je dois le surveiller continuellement.

Il veut m'embêter, c'est clair. Je ne peux pas voir ses yeux derrière ses lunettes, mais je suis certain que ceci n'est pas un jeu. Je me rappelle la douleur que j'ai ressentie lorsqu'il m'est rentré dedans. Ce n'était pas pour rire. C'était sérieux.

Je devrais partir maintenant. Tout le monde a vu ce que je sais faire.

Mais chaque fois que j'essaie de sortir du demi-tube, le gars est là. Il ne me lâche pas d'une semelle. Puis finale-ment, lorsque nous nous élançons tous deux vers le haut de la paroi, il prend de la vitesse et se propulse encore plus haut qu'avant. J'arrête ma planche sur le rebord, y reste pendant une fraction de seconde, puis redescends avant le vélocross. Je ne pouvais pas prévoir ce qui allait arriver.

Il vole littéralement au-dessus de ma tête. Et atterrit devant moi.

Lorsque Hodge arrive au fond du tube, il contrôle son dérapage et s'arrête pile, planté là comme un mur.

Le tout ne dure qu'une fraction de seconde. Un observateur dans les coulisses n'aurait rien remarqué. Ou bien m'aurait donné tort.

Je fonce brutalement dans Hodge et son vélocross. Il s'est préparé à l'impact en avançant son genou. Je frappe d'abord le genou — qui m'arrive entre les jambes. Puis je déboule sur lui et son vélocross.

Douleur intense. Entrejambe. Coude. Pied droit tordu sous le vélocross.

Le choc n'a même pas délogé ses lunettes de soleil, mais Hodge les enlève pendant que je me dégage. Ma planche a continué de remonter de l'autre côté sur son élan. Elle redescend et bute contre le vélo. Je l'attrape et m'efforce de me remettre debout, une main entre les jambes. Ça fait un peu moins mal.

J'entends des rires.

Hodge jette un regard sur son vélo, puis sur moi. Il ne rit pas.

— T'as jamais entendu parler de la priorité?

— Ce n'est pas ma faute, dis-je.

— Alors, c'est la faute à qui? réplique Hodge.

Cette discussion ne mène à rien.

— C'est la faute de personne, dis-je. C'est un accident.

Je pars en boitant. Puis il me rappelle.

— Hé, l'Accro! Attends.

Chapitre six

Je me retourne. Hodge a remis ses lunettes de soleil. Il est assis sur le béton, jambes croisées, souriant. Je marche vers lui.

— Je m'appelle Quinn Dorfman.

— Moi, c'est William Hodge. William. Pas Will.

— Alors, Will, on dirait que tu m'en veux. Pourquoi?

— Pas du tout, dit-il en enlevant ses lunettes pour me regarder dans les yeux. Je voulais juste savoir ce que t'as dans le ventre.

— Et alors?

— T'es un vrai accro de la planche. Tu ne te laisses pas intimider.

— Par quoi?

— Par un défi. Ça me plaît.

Un sourire narquois éclaire son visage. Un genre de sourire qui n'inspire pas confiance.

— En plus, tu es bon. Prêt pour le prochain niveau?

— Le prochain niveau de quoi?

— Ce que je fais sur deux roues, tu dois le faire sur quatre.

J'ai sans doute l'air perplexe. Je ne comprends pas comment je pourrais rouler sur le gazon ou aller aussi vite qu'un gars sur un vélocross. Mais je suis curieux.

— Allons, Quinn. C'est un défi amical. Je l'ai lancé des centaines de fois. Mais je n'ai jamais encore trouvé de planchiste prêt à me suivre.

— Où allons-nous faire ça?

— Chez moi.

— Tu as une rampe chez toi?

— Non. Tu verras.

Je suis sceptique.

— Quel genre de surface?

— Du bardeau d'asphalte. C'est du gâteau.

Je n'ai pas prévu retourner à l'école dans l'après-midi, mais je n'ai pas prévu non plus mettre fin à mes jours. Cependant William Hodge a réveillé le maniaque qui sommeille en moi. Le vrai maniaque pour qui presque rien n'est impossible sur une planche à roulettes. Le maniaque qui a la certitude qu'il peut défier les lois de la pesanteur, remonter la paroi d'un demi-tube, s'envoler et

ne plus jamais redescendre — s'il en
a décidé ainsi.

Je suis donc William Hodge jusque
chez lui, à une dizaine de rues du planchodrome. Il habite un bungalow avec
une entrée en pente. Je commence
à comprendre.

— Alors, qu'est-ce que tu en penses?
demande-t-il.

— De quoi?

— De ma maison.

— Pas mal.

— Tu vois le toit?

— Ouais.

— L'entrée?

— Ouais.

— Le toit, c'est le point de départ.
L'entrée, c'est la piste d'atterrissage.
On va du point A au point B.

Je me gratte la tête. J'analyse la
situation. Du point A au point B. Ça peut
paraître complètement fou, mais je
trouve l'idée séduisante. *Si ça en vaut*

la peine, fais-le. Si ça n'en vaut pas la peine, fais-le quand même. Toit bas. Sauter de la hauteur d'un étage pour atterrir sur une entrée en pente. J'ai vu quelqu'un faire ça dans une vidéo. C'est l'occasion parfaite de faire un saut extrême. Il suffit de s'élever un peu en quittant le toit et de s'assurer que les roues arrière touchent le sol en premier.

William apparaît avec une échelle et la place contre le toit.

— Est-ce que tes parents sont à la maison? dis-je.

— Ils travaillent tous les deux.

Il grimpe dans l'échelle, son vélo sous le bras. Parvenu au toit, il le pousse jusqu'au sommet et met ses lunettes de soleil.

— Maintenant, regarde bien, dit-il.

Il se tient debout sur les pédales, relâche les freins et commence à rouler.

Je dois admettre que c'est de toute beauté. Un gars sur un vélocross qui prend son envol au-dessus de la porte d'entrée de sa maison. Je m'attends à un bruit sourd ou un grognement à l'atterrissage, mais rien du tout. La roue arrière atterrit d'abord, puis la roue avant, et William continue de rouler à tombeau ouvert jusqu'au bas de la côte. Arrivé à la rue, il applique les freins et la roue arrière effectue un dérapage contrôlé.

— Extraordinaire, dis-je.

William remonte l'entrée à côté de son vélocross.

— À ton tour, dit-il.

La performance de Hodge vient de faire disparaître mes dernières réticences. Je lui fais un signe de la tête, attrape ma planche, et grimpe dans l'échelle branlante jusqu'au toit. Je peux sentir la texture graveleuse des bardeaux sous mes semelles. Je jette un coup d'œil de l'autre côté de la rue et aperçois les voisins d'en face, un homme et une femme, qui nous observent. Ils me pointent du doigt. Je me demande s'ils ont l'intention d'appeler les parents de William ou même la police.

C'est le moment ou jamais.

— Fais attention à la gouttière! me crie William.

Je pose ma planche, la tiens en place avec mon pied, puis saute dessus et commence à rouler. Je reste à moitié accroupi jusqu'au bord du toit, puis me relève. J'appuie sur l'arrière de la planche pour décoller du toit. L'Homme-Oiseau prend son envol.

Mais une de mes roues arrière accroche la damnée gouttière.

Ma planche se trouve légèrement décentrée lorsque je commence ma descente. Je crois avoir réussi à corriger le problème en plein vol, mais la réalité est tout autre.

Lorsque je touche terre — beaucoup plus durement que prévu — sur les roues d'en avant, ma planche est déséquilibrée.

Les essieux avant se brisent sous l'impact et les roulements à billes volent dans tous les sens.

J'atterris brutalement sur l'asphalte. Ma hanche absorbe le plus gros du choc, puis mon épaule. Je déboule la pente en gémissant de douleur. Lorsqu'enfin je m'arrête, j'ai fortement l'impression de m'être cassé quelque chose. Comment pourrait-il en être autrement?

Mais lorsque je me relève, je suis surpris de me trouver indemne. J'ai mal partout et lorsque je regarde le toit, je me demande à quoi j'ai bien pu penser.

William est debout à côté de l'entrée. Il ne se précipite pas pour m'aider. Mais il ne rigole pas non plus.

— Très impressionnant! J'étais certain que tu allais réussir. Tu veux ressayer?

Je pense qu'il est sérieux. Si je n'étais pas si mal en point, je me mettrais en colère. Mais ce n'est pas sa faute si je me suis pris pour un dieu de la planche capable de s'envoler d'un toit.

Je me penche en grimaçant et ramasse ce qui reste de ma planche. Les roues et les essieux sont gravement endommagés. Pas le choix de m'arrêter pour aujourd'hui.

— À la prochaine, me dit Hodge lorsque je m'éloigne en boitillant.

Je me demande comment Jasmine va réagir lorsqu'elle apprendra ce qui vient de se passer.

Le lendemain à l'école, je me traîne dans le corridor avec ma planche. Elle n'est pas en état de rouler, mais je me sentirais tout nu sans elle. Jasmine arrive derrière moi, met la main sur mon épaule et me fait pivoter.

— Ça va pas la tête? demande-t-elle.

Quelques élèves s'arrêtent et nous regardent. Puis elle aperçoit ma planche brisée.

— Alors, c'est bien vrai que tu t'es jeté en bas du toit chez Hodge, n'est-ce pas?

Le ton de sa voix me signifie qu'elle n'est pas du tout impressionnée par mon exploit.

— Je ne peux pas le nier, dis-je en haussant les épaules.

— Pourquoi?

— Euh... C'était sous l'impulsion du moment.

Je n'avais pas prévu devoir m'expliquer.

— Hodge est un malade. Lui et son vélocross. Je l'ai vu au planchodrome. Il se prend pour un caïd.

Je ne sais pas pourquoi je me crois obligé de le faire, mais je m'entends prendre sa défense.

— Il paraît mal dégrossi au premier abord, mais lorsqu'on le connaît mieux…

Jasmine m'interrompt.

— Ah! Vous êtes amis maintenant? demande-t-elle sur un ton furieux.

— Pas vraiment.

— Eh bien, si tu roules sur son toit, vous devez être assez intimes, dit-elle. Tu n'as pas beaucoup de jugement, n'est-ce pas?

Puis elle se retourne et s'éloigne.

Bien que je ne la connaisse pas depuis longtemps, Jasmine compte déjà beaucoup pour moi. Je ne sais pas quoi faire au juste, mais mon instinct me dit de ne pas poursuivre cette conversation. Je ne comprends pas pourquoi elle est si fâchée.

Je poursuis mon chemin dans le corridor avec ma planche brisée. Les autres élèves de l'école font comme si j'étais invisible. Je n'existe pas. J'ai l'habitude. Mais avec Jasmine, c'est différent.

Je dépense toutes mes économies pour faire réparer ma planche. Quelques jours sans ma planche et je suis en manque. Je ne tiens pas en place. Je suis encore plus distrait que d'habitude.

Le mercredi, j'oublie de rendre mon devoir d'histoire. Le jeudi, je n'arrive pas à expliquer pourquoi la poésie est importante et je rends une feuille blanche. Le vendredi, je coule mon examen de math. À l'école de Willis Harbor, les enseignants avaient pitié de moi et m'aidaient après la classe ou allaient même jusqu'à me donner la note de passage pour m'éviter de redoubler. Ici, c'est une autre histoire.

Mais lorsqu'arrive dimanche matin, je saute du lit et pars étrenner mes nouvelles roues au planchodrome. Il n'y a personne. Même pas Jasmine. Il y a du verre brisé partout. On dirait que des fêtards ont fracassé leurs bouteilles.

Je suis sur le point de partir, mais je ne peux pas m'imaginer assis à la maison un dimanche matin. Je prends donc un sac de plastique dans la poubelle et commence à ramasser les éclats de verre.

J'essaie de chanter mes chansons favorites des Dead Lions, mais je ne me rappelle plus les paroles. J'essaie de me concentrer sur ce que je dois faire pour améliorer mes notes en classe, mais ça me donne le cafard. Puis je pense à ma mère. Le fait de ramasser des fragments de verre me rappelle ma mère. J'avais presque réussi à oublier la détresse causée par son absence. Elle commence une nouvelle vie ailleurs et nous ne la reverrons peut-être jamais. Ça me déprime de ne pouvoir rien faire pour recoller les fragments de ma famille éclatée.

Puis mes larmes se mettent à couler. Je suis à genoux et j'essaie de ramasser jusqu'aux plus petits éclats de verre tout en sachant que c'est peine perdue. Il y en a beaucoup trop. Je lève la main pour essuyer mes yeux mais je m'arrête en voyant le sang sur mes doigts. Ils sont pleins d'échardes de verre.

C'est alors que j'entends un roulement. Quelqu'un s'approche. Je lève la tête. Malgré les larmes qui me brouillent la vue, je la reconnais.

Jasmine. Sur sa planche. Un balai à la main.

Chapitre sept

— Quinn, ça va? demande Jasmine.

Puis elle voit mes doigts. Et mes
larmes.

— Ne touche pas ton visage.

Je lui fais sans doute pitié. Je suis
embarrassé d'être surpris dans cet
état. Je peux difficilement tomber plus
bas. Mais une chose extraordinaire se
produit. Jasmine pose sa planche et

se dirige vers moi. Elle prend mon visage dans ses mains tout doucement et essuie mes larmes. Je ferme les yeux.

Le temps s'arrête. Je pars dans une autre dimension. Je suis en vol libre. En apesanteur. Je flotte dans les airs.

Lorsqu'elle s'éloigne, j'ouvre les yeux et me relève. Elle semble embarrassée. Nous sommes tous deux mal à l'aise. Je veux dire quelque chose. N'importe quoi. Mais pas un seul mot ne me vient à l'esprit.

Jasmine fixe alors son attention sur mes doigts. Elle me mène à la fontaine et les lave pour enlever les échardes. Il y a un peu de sang dans l'eau, mais les coupures sont minuscules et mes doigts arrêtent de saigner.

— Je gage que personne ne saccage le planchodrome à Willis Harbor, dit-elle finalement d'un ton hésitant.

— Non, parce qu'il n'y en a pas.

Elle regarde le verre brisé qui jonche le fond du demi-tube.

— Ça me rend vraiment triste, dit-elle.

Ma tristesse à moi a disparu. Jasmine a effacé la grisaille.

— Pourquoi pleurais-tu? demande-t-elle.

— Je pleurais?

— Oui.

Il serait inutile de prétendre le contraire. Je lui parle donc de ma peine d'avoir dû quitter Willis Harbor, de mes difficultés à l'école et de ma mère.

— Ma mère est morte lorsque j'avais sept ans, dit-elle. Il y a des jours où je ne peux même pas me rappeler son visage. Et puis ma grand-mère est morte l'année d'après.

— Désolé.

Elle sourit un peu.

— Tu faisais vraiment pitié, agenouillé au milieu de tout ce verre brisé.

— Et faire pitié, c'est bien?

— Dans le cas présent, oui.

Elle me parle de la mort de sa mère et de la vie avec son père qui ne s'est jamais remis de la perte de son épouse.

— De nouvelles femmes apparaissent dans sa vie et puis s'en vont. Chacune essaie de remplacer ma mère, mais ça ne marche jamais. Ce n'est pas leur faute. Je sais qu'on ne peut rien changer au passé et que la vie continue.

— Qu'est-ce qu'on fait maintenant?

Elle respire profondément et attrape le balai appuyé contre la poubelle.

— On nettoie ce gâchis et on fait de la planche. C'est dimanche, rappelle-toi. La place est à nous!

Pendant que nous travaillons, je lui décris ma vie à Willis Harbor, où j'ai appris à faire de la planche sur le seul chemin asphalté du village. Comme elle semble intéressée, je lui raconte une de mes histoires préférées.

— Par un matin brumeux, je dévalais la côte à toute allure. Tout à coup, un énorme chevreuil avec un immense panache a surgi au milieu la route. Il me dévisageait, l'air surpris de voir un gars émerger de la brume et foncer vers lui. On aurait dit qu'il cherchait à comprendre. Je ne savais pas quoi faire. Et le chevreuil non plus. À cette vitesse-là, aucune manœuvre ne peut te ralentir. Tu peux crier, bien sûr, et c'est ce que j'ai fait. J'ai décidé de m'accroupir sur ma planche et de me mettre les mains sur la tête. Je ne sais pas pourquoi. J'espérais peut-être passer sous le ventre de l'animal.

— Tu as inventé cette histoire, n'est-ce pas? demande Jasmine.

— Mais non, c'est vrai. Je te dis. Je m'attendais à emboutir cette merveille de la nature comme si c'était un mur. Et puis une chose étonnante s'est produite… Au moment où j'allais lui rentrer dedans, le chevreuil a bondi par-dessus moi. J'ai levé les yeux et je l'ai vu s'envoler au-dessus de moi. Et quelle envolée! Je voudrais bien pouvoir en faire autant avec ma planche. L'instant d'après, il avait disparu. J'étais dans les vapes, ahuri par ce miracle, lorsque j'ai vu les phares d'une voiture qui remontait la côte. Je n'avais pas le choix. Je me suis jeté dans le fossé, où j'ai atterri brutalement dans l'eau et la boue.

Jasmine ne dit rien. Elle se contente de rire et me pousse du coude.

— Allons. Il faut se remettre au travail.

Il est presque midi lorsque nous finissons de tout ramasser. Nous montons sur nos planches. Cette fois-ci, c'est différent. La place nous appartient. Et lorsque nous roulons ensemble, c'est en parfaite harmonie. Comme si nous dansions. Nous sommes complices, pas concurrents. Je n'ai jamais rien éprouvé de tel.

Soudain, ça fait tilt. Je suis amoureux.

Nous redescendons sur terre vers midi et demi, au moment où Hodge et ses amis arrivent avec leurs vélocross. Le charme est rompu, mais je ne suis pas près de l'oublier.

Chapitre huit

Ma mère téléphone de nouveau. Cette fois, c'est à moi qu'elle veut parler.

— Tu me manques, Quinn. Nous sommes si loin l'un de l'autre!

Elle me manque aussi. Mais je suis encore fâché contre elle.

— C'est toi qui es partie, dis-je sans réfléchir.

— Je sais. Mais je n'avais pas le choix. Je serais morte à petit feu si j'étais restée.

— Ce n'est pas la faute de papa si l'usine a fermé.

— Je sais. Mais ce n'était pas seulement ça. Je n'en pouvais vraiment plus.

— Ça allait vraiment si mal?

— Pour moi, oui. J'ai toujours vécu à Willis Harbor. Avec mes parents, puis avec ton père et toi. Le restaurant minable. Je détestais tout ça.

Ses paroles me heurtent profondément, mais je ne dis rien.

— Je ne te détestais pas, toi. Je t'aime. Et je pense que j'aime encore ton père. J'ai simplement fait ce que je devais faire avant de perdre la raison.

— Ouais. Tu nous as abandonnés, dis-je d'une voix sèche.

— Je suis désolée.

— Papa s'est trouvé un emploi. Pourquoi ne reviens-tu pas?

— Je dois finir mon cours. Encore un mois. Et j'ai déjà un emploi en vue. Je pourrai t'envoyer de l'argent. J'ai eu de la difficulté à joindre les deux bouts jusqu'à maintenant, mais l'avenir est prometteur.

Je ne veux pas de son argent.

— Crois-tu que tu seras heureuse là-bas?

— Je pense que je pourrais l'être.

Elle n'a donc pas l'intention de revenir. J'avais réussi à me convaincre qu'elle reviendrait ici une fois sa formation terminée. La réalité fait son chemin dans mon esprit.

— Est-ce que tu t'ennuies de Willis Harbor? Et de la mer?

— Parfois.

Sa voix manque de conviction. J'ai l'impression d'avoir perdu ma mère pour de bon. Mais ma colère s'est dissipée.

— J'aimerais que les choses rede-viennent comme avant, dis-je doucement.

— Je sais, Quinn.

— Bye, maman.

— Bye. Je te rappelle. Promis.

Je raccroche.

J'appelle Jasmine et lui relate de cette conversation. Je ne parle habituellement pas de ma vie privée. Mais cette fois-ci, c'est différent. Jasmine est différente.

— J'aimerais voir cet endroit où tu as grandi, dit-elle.

— Tu veux vraiment y aller?

— Oui. Veux-tu m'amener?

— Avec plaisir. Nous pourrions y aller en autobus samedi.

Et puis j'y pense.

— Ah, j'oubliais. Je n'ai plus d'argent. J'ai tout dépensé pour faire réparer ma planche.

— Voilà pourquoi tu ne devrais pas rouler sur les toits. Mais ça ne fait rien. Je vais payer.

— Vraiment?

— Bien sûr. Les filles paient parfois. Tu t'occupes de la visite guidée. Je m'occupe des billets.

— Cool.

Chapitre neuf

Samedi, la journée est chaude et ensoleillée. Le bus est plein, mais nous
trouvons deux sièges côte à côte
à l'arrière. Nous avons tous deux nos
planches. Les gens nous regardent
de travers. Ils semblent s'imaginer
que tous les jeunes qui font de la
planche sont délinquants. Où vont-ils
chercher ça?

— C'est toute une aventure, dit Jasmine en s'assoyant près de moi.

— C'est comme un voyage dans le temps, dis-je. Je ne suis pas retourné là-bas depuis que nous sommes déménagés en ville.

Elle sourit. Le bus quitte la gare. Elle met sa main sur mon bras et s'appuie sur mon épaule. Tous mes soucis s'évanouissent.

— T'es-tu déjà imaginé faire de la planche sur la Lune? demande-t-elle.

— Quoi?

— Penses-y. La Lune. Dans une atmosphère sans pesanteur, imagine les hauteurs qu'on pourrait atteindre.

— Je n'y ai jamais pensé. Mais n'est-ce pas la pesanteur qui permet de prendre de la vitesse en descendant? C'est de là que vient l'impulsion pour remonter.

Jasmine semble surprise.

— Ouais, tu as raison. Je n'avais pas pensé à ça.

Elle ouvre la bouche pour dire quelque chose — comme « Pas si mal pour un cancre ». Mais elle ne dit rien.

— Quel type de roche trouve-t-on sur la Lune? dis-je.

— Je ne sais pas vraiment. Je pense qu'il y a beaucoup de nickel.

— Pas de granite?

— Je ne pense pas.

— Aujourd'hui, je vais te montrer du granite. Je vais te montrer comment *on fait de la planche* sur du granite.

Le bus nous dépose sur le bord de la grande route non loin du chemin qui mène à Willis Harbor. On aperçoit au loin la mer qui brille sous le soleil.

Jasmine a l'air éblouie par la beauté du spectacle.

— C'est incroyable!

Nous sommes dans mon univers. Je ressens tellement d'émotions que j'ai le vertige. Je suis chez moi.

J'entends un camion qui arrive derrière nous. Il n'a pas de silencieux. Je reconnais ce bruit-là. C'est Reggie, un pêcheur et vieil ami de mon père. Je me retourne et le salue de la main. Le camion s'arrête dans un rugissement.

— Quinn, dit Reggie, content de te voir. Montez.

Je fais un sourire à Jasmine pour la rassurer. J'ouvre la porte grinçante et nous montons dans le camion. Ça sent l'huile, le gaz d'échappement et le poisson. Sans prendre la peine de me le demander, Reggie nous laisse devant mon ancienne maison.

La maison a l'air petite, triste et abandonnée. Et elle est à vendre.

— C'est ici que j'ai grandi, dis-je.

— Est-ce qu'on peut entrer?

— Non, dis-je. Peut-être une autre fois. Ce n'est pas pour ça que je t'ai amenée ici. Viens.

Je l'amène d'abord à l'église. Lorsque nous montons les marches, elle a l'air hésitante.

— C'est une église, dis-je, la seule du village. J'ai pensé qu'on devrait se marier.

Elle est muette de stupeur.

— C'est une blague! dis-je en riant.

— Est-ce que les gens se marient ici?

— Bien sûr. Mes parents se sont mariés ici.

Aussitôt prononcés, je regrette ces mots.

— Regarde, dis-je.

Je pose ma planche, pompe pour prendre de la vitesse sur la surface lisse du parvis, saute sur la rampe et glisse sur le milieu de la planche, puis atterris sur le trottoir. Exécution impeccable.

— T'es-tu déjà blessé en faisant ça?

— Souvent.

— Mais tu n'as pas abandonné?

— Jamais.

Ce disant, je monte les marches en courant et recommence.

— Il faut tomber quatre cent cinquante-trois fois avant de réussir. Ça demande beaucoup, beaucoup d'entraînement, dis-je.

— Tu as compté le nombre de fois où tu es tombé?

— J'ai dû me faire une nouvelle cicatrice chaque fois. C'est comme ça que j'ai tenu le compte.

C'est alors que la porte de l'église s'ouvre. Le révérend Darwin vient vers nous.

— Il m'a semblé entendre un bruit familier, dit-il.

— Révérend Darwin, je vous présente Jasmine.

Il lui sourit.

— Sois la bienvenue, Jasmine. Sais-tu que Quinn m'a fait croire aux miracles? Je l'ai vu de mes propres yeux défier les lois de la physique.

La porte de l'église est grande ouverte et nous apercevons les rayons de soleil qui filtrent à travers les vitraux.

— Est-ce que nous pouvons entrer? demande Jasmine.

— Bien sûr, dit le révérend. N'importe qui peut entrer en tout temps. Les portes ne sont jamais fermées à clé.

Nous entrons. Jasmine est émerveillée par la beauté tranquille du sanctuaire.

— C'est tellement beau! dit-elle.

— Et si vide, ajoute le révérend. Il y avait à peine vingt personnes ici dimanche dernier. Aimeriez-vous une tasse de thé?

— Avec plaisir, dit-elle.

Le révérend nous amène à son bureau à l'arrière de l'église et nous sert le thé. Lui et moi parlons du bon vieux temps — avant que ce village ne commence à être déserté. Lorsque nous partons, je me sens calme et triste à la fois. Je descends de nouveau la rampe sur ma planche, sous les yeux du révérend Darwin, puis entraîne Jasmine vers la mer.

Chapitre dix

— Je pense que j'aimerais bien vivre ici, dit Jasmine.

— La plupart des gens veulent plutôt partir d'ici. On dirait que la plupart des gens *sont déjà* partis. Il y a plus de maisons vides que je ne l'aurais cru.

— C'est comme un voyage à reculons dans le temps, dit-elle.

— Et tu aimes ça?

— Oui, beaucoup. J'aime tout de cet endroit.

Ca me réconforte de l'entendre dire ça. Mon village l'a séduite.

Nous prenons un sentier qui traverse un champ verdoyant.

— Et maintenant, l'attraction principale, dis-je. Ferme les yeux.

Elle obéit et je la guide jusqu'à ce que nous arrivions aux corniches.

— Regarde, dis-je.

Lorsqu'elle ouvre les yeux, elle cligne des paupières à quelques reprises. Puis elle comprend pourquoi je l'ai amenée ici.

— C'est ici que j'ai appris à faire de la planche, dis-je.

Certaines corniches sont lisses et arrondies, avec des collines et des vallées. D'autres sont étagées et rappellent des marches d'escalier. D'autres encore ressemblent à des vagues. L'océan est d'un bleu profond. L'air est calme et des vaguelettes clapotent contre les rochers.

— Cet endroit est super! s'exclame Jasmine. Mais comment as-tu appris à faire de la planche ici? demande-t-elle en regardant l'eau à nos pieds.

— J'ai perdu mes deux premières planches. Puis j'ai commencé à me servir d'une lanière. Ensuite je me suis amélioré et je n'ai plus eu besoin de lanière.

— Mais tu n'es jamais tombé à l'eau?

— Eh bien, oui. À quelques reprises. Ça m'a calmé le toupet. Une fois, les vagues étaient grosses et l'eau glaciale. Mais j'ai réussi à m'en sortir. Ça m'a servi de leçon.

— Quel genre de leçon?

— Ne pas tomber à l'eau, dis-je en souriant.

J'arrête de parler. Je pose ma planche et m'élance de la plus haute plate-forme. J'atterris sur les corniches à une vitesse fulgurante et les prends comme

les marches de la bibliothèque en ville.
Puis je descends sur le granite lisse et
arrondi, me propulsant dans les airs à
chaque bosse sculptée par Dame Nature.

Finalement, après avoir décrit un
arc, je me retrouve au niveau le plus
bas sur la surface lisse et ondulée
comme une vague. Jasmine craint sans
doute que je me retrouve à la mer, mais
je sais précisément où effectuer mon
dernier virage. Si je tourne sur une
surface mouillée ou couverte d'algues,
je dérape. Mais j'ai fait ce parcours
des centaines de fois. Je connais des
endroits rugueux où les roues mordent
comme dans du béton.

Je maîtrise le virage et m'élance
vers le haut. Puis je fais demi-tour et
recommence le parcours. Je suis hors
d'haleine lorsque je m'arrête enfin
devant Jasmine. Je me sens à peine
coupable d'avoir paradé.

— À mon tour maintenant, dit-elle.

— Hum. Es-tu certaine?

— Oui. Dis-moi où faire attention.

— Bon. Comme c'est ta première fois, reste en hauteur. Prends les petites pentes dans la roche et évite la grande plateforme. Ce n'est pas comme du béton. La surface est lisse à certains endroits et rugueuse ailleurs. Fais attention aux fissures. Contrôle ta vitesse et tes mouvements et laisse les roches te guider. Je serai en bas au cas où tu déraperais.

La détermination se lit dans ses yeux. J'espère qu'elle sera prudente.

Elle l'est au début, mais devient vite téméraire. Elle s'engage sur la pente en forme de vague une fois, deux fois, puis elle s'aventure un peu plus loin. C'est alors qu'elle dérape dans un tournant mouillé. Et s'écrase sur le granite. Je dois plonger pour sauver sa planche avant qu'elle ne disparaisse dans les vagues.

Après cette première leçon, elle laisse les roches lui enseigner. Elle maîtrise le circuit en un rien de temps. Je n'ai jamais vu personne apprendre aussi vite.

Je ne l'accompagne pas. Je reste en bas, prêt à intervenir, mais elle n'a plus besoin de moi. Puis je monte la rejoindre.

— C'était comment?

— Comme faire de la planche sur la Lune, répond-elle, mais en mieux!

Chapitre onze

Je pense que tous ceux qui nous voient ensemble après cette journée mémorable savent que Jasmine et moi sommes en amour. Je ne me reconnais plus. J'ai même hâte d'aller à l'école.

Jasmine prend l'habitude de venir chez nous pour m'aider avec mes devoirs. Elle a un talent pour expliquer les choses clairement. Et lorsque je n'arrive pas à trouver pas un sujet pour un travail de recherche, elle me suggère d'écrire l'histoire de la planche à roulettes. Cette fille est géniale.

— Tu devrais être enseignante, lui dis-je.

— Je veux enseigner la géologie à l'université, dit-elle. Ça me permettra de voyager pour la recherche.

— Et peut-être de trouver de l'or?

— Il suffit de savoir où regarder.

— Penses-tu qu'il y a de l'or dans les rochers de Willis Harbor?

— Absolument. Nous l'avons déjà trouvé.

Je me lève un samedi matin et découvre que mon père n'est pas parti travailler. Il est assis devant son café, le regard absent fixé sur le réfrigérateur.

— Ça va, p'pa?

— Non.

— Qu'est-ce qu'il y a?

— J'ai perdu mon emploi.

Je ne l'ai jamais vu aussi abattu.

— Ils ont finalement reçu le rapport sur mes antécédents judiciaires.

— Mais tu n'as jamais commis de crime.

Il se gratte la joue et lève les mains dans les airs.

— Lorsque j'avais vingt-et-un ans, je me suis bagarré avec un homme qui frappait son chat à coups de bâton. Je l'ai immobilisé et le chat s'est sauvé. Il m'a donné un coup de poing et je me suis défendu. Rien de très sérieux… Mais plus tard, la police m'a accusé d'agression. L'homme a dit au juge que je l'avais menacé et tenté de le blesser. Sa femme a confirmé son témoignage.

— Mais ce n'est pas juste!

— Qui t'a fait croire que la justice existe?

— Toi. Et maman aussi.

— Ouais, j'oubliais, dit-il en inclinant la tête. Je voulais sans doute y croire moi-même. Toujours est-il que j'ai été trouvé coupable. Mais le juge connaissait la mauvaise réputation de cet homme et ne m'a donné que des travaux communautaires.

— Et un casier judiciaire?

— Bingo.

— Tu pourrais leur expliquer ça, au poste de police.

— J'ai fait appel, mais j'ai peu de chances.

— Que vas-tu faire maintenant?

— Je ne sais pas, répond mon père, la mine défaite. Je ne sais vraiment pas.

Je l'entends parler au téléphone ce soir-là. C'est la première fois qu'il l'appelle. Il est dans sa chambre, porte fermée. Il ne veut pas que j'entende. Ils parlent longtemps.

Je prépare un examen d'histoire, mais je mélange toutes ces guerres du dix-neuvième siècle. Je n'arrive pas à me rappeler qui se battait ou à quel sujet. Je lis une page complète et ne retiens rien. Tout ce que je peux dire, c'est que la Guerre de 1812 a probablement eu lieu en 1812.

Une douzaine de guerres plus tard, leur conversation prend fin. Mon père frappe à ma porte et entre.

— J'étais au téléphone avec ta mère, dit-il à mi-voix.

— Comment va-t-elle?

— Elle va bien.

— Lui as-tu dit que tu as perdu ton emploi?

— Ouais.

— Comment a-t-elle réagi?

— Elle a dit qu'elle est désolée pour moi. Puis elle a dit qu'elle m'aime encore. Et toi aussi.

— Ça, je le savais.

— Alors nous avons parlé, ajoute-t-il.

Il hésite à continuer. Un lourd silence règne dans la pièce.

Je ferme mon livre d'histoire.

— Ouais?

— Eh bien, ta mère et moi pensons qu'il serait préférable que nous déménagions là-bas pour vivre avec elle.

Je suis estomaqué.

— Tu veux que nous déménagions dans l'Ouest?

— Pour tout de suite, oui. Elle dit que je n'aurai aucune difficulté à trouver un emploi. Je pourrais même suivre les mêmes cours qu'elle. Elle termine dans quelques semaines et un emploi l'attend. Moi, je pourrais aller à l'école et bientôt, nous aurions tous deux de bons emplois. Nous pourrions acheter une belle maison.

— Où?

— N'importe où, répond-il, les yeux rivés au plancher.

Je suis sur le point de dire : « Pas question. Je refuse de déménager. » Mais je me retiens. Je sais qu'il vit un moment difficile. Je ne veux pas lui couper les ailes.

— Mais je suis heureux, ici, maintenant. Tout va tellement bien, dis-je.

— Je sais. Tu as une petite amie.

— Et je commence à me sentir à ma place ici.

— Je le sais. Penses-y quand même, d'accord? dit-il en partant.

J'ai envie de crier. Les murs se referment sur moi. Il faut que je sorte d'ici. Je mets ma veste et mes chaussures, attrape ma planche et sors.

Il fait noir, froid et humide. Les rues sont presque vides. Je dépose ma planche et commence à rouler sur le trottoir, évitant les rares piétons. Je considère aller chez Jasmine. Elle m'a déjà invité à plusieurs reprises. Elle veut me présenter à son père. Mais je me suis toujours défilé. Ce ne serait pas une bonne idée d'y aller ce soir.

Je me dirige vers le planchodrome. J'ai entendu dire que la scène est tout à fait différente après la noirceur. Pas de jeunes morveux sur leurs planches. Aucun des habitués du jour. Le planchodrome devient le domaine des durs à cuire. Des gars avec des fusils à plombs. Des dealers de drogue. C'est d'ailleurs une des raisons avancées pour sa démolition.

Je n'ai jamais vu cet endroit sous la lumière artificielle, qui le rend froid et hostile. Rien de bon ne peut arriver dans un endroit pareil.

Trois gars évoluent dans le bol. Et une douzaine de filles et de gars plus âgés — dix-neuf ou vingt ans — sont éparpillés sur les bancs et sur le béton. Ils boivent de la bière et font circuler une boutcille de vodka. Scène de nuit au planchodrome.

Les trois gars sortent du bol et se joignent aux autres, boivent un coup et rigolent.

Je roule vers le bol et remarque que le fond est jonché de tessons de bouteilles. Je devine comment ils sont arrivés là. Mais les trois gars ne se sont pas donné la peine de les ramasser. C'est peut-être même eux qui ont fracassé les bouteilles.

Chapitre douze

Rentre à la maison, dit la voix dans ma tête. Juste à ce moment-là, quelqu'un roule près de moi sur une planche et me donne un coup de poing dans les côtes en passant. Un capuchon m'empêche de voir son visage. Quelques rapides coups de pompe lui permettent de remonter la paroi et de faire demi-tour sur le rebord, puis il s'aide de sa main gantée pour faire un virage serré et éviter le verre brisé. Il recommence à quelques reprises, puis s'élance vers moi. Son capuchon lui donne l'air d'un fantôme.

Il ne semble pas vouloir ralentir, mais je garde mon sang-froid.

Il s'arrête brusquement à quelques pouces de mon visage, claque sa planche et la saisit. Il soulève son capuchon. C'est Hodge. Son haleine sent la bière.

— Hé, l'Accro. C'est passé l'heure de ton couvre-feu, dit-il.

— Je n'ai pas de couvre-feu... Je pensais que tu ne faisais que du vélo-cross. Je ne savais pas que tu faisais aussi de la planche.

— Seulement la nuit lorsque les petits morveux sont rentrés chez eux et qu'il y a de la place pour manœuvrer. Tu veux relever un autre défi?

— Qu'est-ce que tu veux dire?

— Il n'y a personne dans le bol. Tu me suis, puis je te suis. Chacun imite parfaitement les mouvements de l'autre. Le premier qui lâche perd.

— Et toutes ces cochonneries au fond?

— Ça rend la chose plus intéressante.

Je fais signe que non.

— Allez. On peut parier. Vingt dollars.

— Non.

— Il y a de bonnes chances que je perde, dit-il. Mon truc à moi, c'est le vélocross. Je fais de la planche en amateur. Le pro, c'est toi. Tu fais de la planche tout le temps. Tu as l'avantage.

Il affiche encore ce sourire narquois. Celui qui m'a incité à me jeter en bas de son toit.

Je suis venu ici pour faire de la planche, pour oublier le coup de téléphone. Je ne peux pas rentrer à la maison.

— Et puis pourquoi pas, dis-je.

— Tu commences.

Les autres se rassemblent autour du bol. Hodge me suit de près. Je vois bien que ce n'est pas la première fois qu'il s'amuse à ce jeu. Je descends, frôle les plus petits tessons, remonte la paroi et prends mon envol. Hodge me suit de tellement près qu'il atterrit quelques pouces à peine derrière moi. Lorsque je me remets à rouler, je sens qu'il y a quelque chose qui cloche. Des fragments de verre se sont logés dans mes roues et chaque fois que j'essaie de tourner, je dérape un peu. Ça ne présage rien de bon. Je ralentis légèrement. Hodge le remarque. Puis nous nous arrêtons en haut, claquons nos planches du pied et les attrapons.

— C'est tout un cirque, dit-il, hors d'haleine. Mais ce n'est qu'un échauffement, n'est-ce pas?

Je me rappelle le pari. Vingt dollars. Vingt dollars que je n'ai pas.

— Tu vois ces gars-là? demande-t-il en indiquant nos spectateurs. Ils ont

parié eux aussi. Ils savent qui tu es.
Ils t'ont déjà vu. Certains pensent que
tu es le meilleur. D'autres pensent que
je suis le meilleur. Peu importe lequel
de nous deux l'emporte, nous ferons des
heureux et des malheureux.

— J'abandonne, dis-je. Je ne roule
pas pour de l'argent et je ne veux pas
qu'on parie sur moi. C'est stupide!

— Eh bien alors, crache, dit-il en
haussant les épaules. Je dirai que tu
t'es dégonflé.

Je suis pris au piège.

— D'accord, dis-je, c'est ton tour.

Encore ce sourire narquois. J'essaie
de déloger les fragments de verre de mes
roues, mais il est déjà parti. C'est à mon
tour de le suivre. Hodge y va doucement
pour commencer. Ses mouvements sont
lents et gracieux. Il effectue quelques
glissades sur le rebord, remonte et se
pose à mi-paroi, évitant le plus gros des
tessons. Nous évoluons ainsi pendant

une dizaine de minutes. Je sens qu'il se fatigue. J'ai peut-être une chance de gagner, après tout.

Puis il fait une erreur de jugement. Ses essieux s'accrochent sur le rebord et il perd l'équilibre. Je lis le choc sur son visage lorsqu'il perd sa planche. Il tombe à la renverse dans la fosse. Il atterrit sur l'épaule, puis roule sur des éclats de verre.

Je m'arrête au fond du bol, attrape ma planche et cours vers lui. Je vois des taches de sang sur le béton. Il est couché sur le dos. La douleur lui tord le visage.

— Appelez une ambulance! dis-je en hurlant aux spectateurs.

Mais ils se dispersent. Personne n'a envie de faire le bon Samaritain.

Une voiture de police se gare le long du planchodrome.

Hodge pousse un hurlement à vous glacer le sang.

Deux agents arrivent en courant. Ils pensent peut-être que nous nous sommes battus. Ou que j'ai attaqué Hodge avec un couteau.

— Recule et reste là! me crie l'un d'eux.

— Il est blessé, dis-je. Nous faisions de la planche. Il est tombé sur une bouteille cassée.

L'un des agents appelle une ambulance tandis que l'autre retourne Hodge avec précaution. Un tesson s'est logé dans le bas de son dos.

Hodge pleure et gémit. Je les vois appuyer sur la blessure sans retirer le tesson. Je ne peux rien faire et j'ai peur. Et je m'en veux de m'être laissé entraîner dans un pari stupide.

Je n'ai aucune idée de la gravité de sa blessure lorsque l'ambulance l'emporte. Les agents me demandent s'ils peuvent me déposer à la maison et j'accepte. Ils ne m'embêtent pas. Ils se disent désolés pour mon ami, mais que

le planchodrome n'est pas un endroit
à fréquenter la nuit.

Mon père est assis sur les marches
de l'immeuble où nous habitons. Un des
agents le reconnaît.

— Je te ramène ton fils, dit-il.

— A-t-il fait un mauvais coup?
demande mon père.

— Non, pas de souci. Il était simplement au mauvais endroit au mauvais
moment.

Chapitre treize

Le lendemain, je fais quelques appels pour savoir ce qui est arrivé à Hodge. À l'hôpital, tout ce qu'on peut me dire, c'est qu'il n'est pas là. Je fouille dans l'annuaire et finis par trouver un David Hodge sur la rue dont le nom m'est familier. J'appelle.

C'est William qui répond.

— Ça va?

— Je suis en vie, n'est-ce pas? Ou bien penses-tu parler à un fantôme?

Puis il répond à ma question. Les coupures étaient profondes et il a perdu beaucoup de sang. Sa blessure a nécessité plusieurs points de suture, dont il exhibera fièrement la cicatrice. Mais son état n'est pas grave. Cependant, il hésitera désormais à faire de tels paris et à risquer sa vie inutilement. Peut-être. C'est difficile à dire.

Une fois rassuré, j'ai enfin le courage de me rendre chez Jasmine. J'ai besoin de parler à quelqu'un. Elle est seule à la maison et nous bavardons, assis sur les marches de l'entrée. Je lui raconte l'incident au planchodrome et elle semble troublée. Je devrais m'arrêter là, mais je continue sur ma lancée et lui parle de ma conversation avec mon père. Au sujet d'un éventuel déménagement pour rejoindre ma mère.

— Est-ce que tu veux déménager? demande-t-elle.

— Non, bien sûr que non. Je veux rester ici.

— Mais c'est ta mère.

— C'est elle qui est partie. Je pense que mon père ne veut pas vraiment y aller. Je pense qu'il veut plutôt que ma mère revienne. C'est ce que nous voulons tous deux.

— Est-ce que tu lui en veux encore d'être partie?

C'est une question à laquelle j'ai beaucoup réfléchi.

— Je ne sais pas. Pas vraiment. Je pense qu'elle n'avait pas le choix.

— Mais ton père peut trouver un autre emploi ici, n'est-ce pas?

Je constate une fois de plus que Jasmine et moi appartenons à deux mondes différents. Son père est un homme d'affaires qui gagne bien sa vie.

— Mon père travaillait à l'usine de traitement du poisson. Il n'a pas fini ses études secondaires. Il peut probablement se trouver un emploi quelconque, mais tout coûte plus cher ici. Nous réussissons à peine à joindre les deux bouts. Je ne sais pas ce que nous allons faire.

— Mais je ne veux pas te perdre, dit-elle.

Ses paroles me réconfortent, mais elles ne règlent pas le problème.

— Si tu déménages, nous nous éloignerons peu à peu l'un de l'autre, n'est-ce pas? Ce ne sera pas pareil. Tout deviendra différent entre nous.

Après cet échange, nous sommes tous deux moroses. Nous regardons passer le trafic en silence. Je n'arrive pas à combattre le sentiment de désolation qui m'envahit lorsque je pense à l'avenir. On dirait une lourde porte de métal qui se referme sur un merveilleux épisode de ma vie.

Son père arrive dans l'entrée et sort de sa voiture. Jasmine fait les présentations. Je vois qu'il n'est pas impressionné. Je fais souvent mauvaise impression au premier abord. Il me demande si je réussis bien à l'école et ce que je veux faire après l'école secondaire. Je réponds que je ne sais pas. Je n'y ai pas encore pensé. La fin du secondaire est encore loin.

Le père regarde sa montre.

— Jasmine, tu devrais aller te préparer. Nous sortons ce soir, tu te rappelles?

Il entre et ferme la porte derrière lui.

— Il a une nouvelle petite amie, dit Jasmine. Il m'amène au restaurant pour me la présenter. Ce n'est pas la première fois. Les femmes qui l'intéressent sont plutôt superficielles.

— Ça doit te sembler étrange.

— En effet. Et il veut toujours que j'approuve son choix. Mais aucune ne m'a vraiment plu jusqu'ici. J'espère toujours que l'une d'elles sera comme ma mère. Ce qui est sans doute impossible, puisque j'ai très peu de souvenirs d'elle. Je me rappelle vaguement son visage et sa manière d'être, mais ces souvenirs s'estompent. Elle me manque tout le temps, même si je ne sais plus qui elle était. Ta mère, au moins, est vivante.

Jasmine est triste. Je comprends ce qu'elle essaie de me dire. Que je devrais aller rejoindre ma mère. *Qu'il le faut.* Que je n'ai pas vraiment le choix.

Son père ouvre la porte.

— Jazz?

— J'arrive, dit-elle en se levant.

— C'est dimanche demain, dis-je.

— Ouais, dit-elle en refermant la porte derrière elle.

Ma mère appelle ce soir-là. Elle veut encore me parler.

— Tu vas te plaire ici. On peut voir les montagnes à partir de la ville.

C'est tout ce qu'elle peut m'offrir. Des montagnes. Pas d'océan?

— Nous repartirons tous à zéro.

— Je ne veux pas repartir à zéro, dis-je.

— Il y a une fille, n'est-ce pas?

— Ouais, il y a une fille. Mais il y a plus. Je veux finir mon secondaire et retourner ensuite à Willis Harbor.

— Mais ce village est mort. Il n'a rien à nous offrir.

— Ce n'est pas comme avant, mais c'est chez nous.

— C'*était* chez nous. Plus maintenant.

— J'y suis allé avec Jasmine. Elle a adoré. Je me sentais bien là-bas. Ce n'est qu'à une heure d'ici. Si je déménage maintenant, je ne reviendrai peut-être plus jamais. Je perdrai tout.

— Je suis désolée, Quinn. Ton père va s'inscrire au même programme que moi. Pendant qu'il suit ses cours, j'aurai un excellent emploi. Sais-tu ce que ça veut dire? Que bientôt nous aurons tous deux de bons emplois. Stables et bien rémunérés.

— Comment peux-tu en être si sûre? Et s'il n'y avait plus de travail?

Elle soupire.

— Eh bien, on trouvera une solution le moment venu... Désolée, Quinn. Je sais que cette décision ne te plaît pas.

— C'est donc tout décidé?

— Nous n'avons pas le choix.

Je ne dis plus rien. Je raccroche. Je suis bouleversé.

C'est alors que mon père vient me voir dans ma chambre et m'annonce que nous prenons l'avion dans une semaine.

— Ça nous donnera juste le temps de régler quelques affaires ici. Si je vendais la maison à rabais, on pourrait même avoir de l'argent avant de partir.

Je sais que c'est terrible à dire, mais en ce moment je déteste mes parents.

Jasmine n'est pas au planchodrome dimanche matin. Je fais quelques circuits, mais le cœur n'y est pas. Je l'attends assis dans les gradins pendant une heure, mais elle ne vient pas.

Lorsque les enfants commencent à arriver, je suis de mauvaise humeur. J'appelle Jasmine à partir d'une cabine téléphonique, mais tombe sur le répondeur. Je commence à comprendre. Elle est prête à me laisser partir parce que pour elle, rien n'importe plus au monde que d'avoir sa mère.

Je retourne dans les gradins. Je me sens impuissant et ça me met en colère. Finalement, je remonte sur ma planche et m'élance à travers la foule des enfants. Certains s'écartent. Je contourne les autres. Je vais d'abord dans le bol, puis dans le demi-tube. Je carbure à la rage et mes mouvements sont plus puissants et rapides que jamais. Je me propulse bien haut dans les airs et retombe comme une pierre, mais j'ai un bon contact avec la paroi et remonte de l'autre côté à la vitesse de l'éclair.

Les enfants comprennent qu'ils ont intérêt à s'écarter pour me laisser toute la place. Quiconque m'aurait vu pour la première fois aurait cru que je n'étais pas simplement accro d'la planche, mais possédé.

La pesanteur me fait accélérer. Puis je remonte en flèche et m'élance vers le ciel. J'ai des ailes. Je suis l'Homme-Oiseau. Le Dorf volant. Chaque descente me fait aller plus vite et chaque remontée me lance plus haut dans les airs. Ceux qui me regardent n'arrivent pas à en croire leurs yeux.

Tout d'un coup, quelque chose se produit.

Je suis dans les airs, tenant l'envers de ma planche à deux doigts, prêt pour l'atterrissage, lorsque j'entends la petite voix qui me dit :

Prends la situation en main.

C'est ce que m'a appris la planche. Ou bien on laisse aller et on suit le flot, ou bien on prend la situation en main. Tout au long de ma vie, ce sont des adultes qui ont pris les décisions à ma place. Mes parents, mes enseignants, d'autres adultes. C'est toujours un adulte qui a la situation en main. Je ne suis qu'un enfant. Mais lorsque je roule sur ma planche, je suis responsable de chacun de mes mouvements. Je me sens libre et en vie — peu importe la difficulté de la situation. En fait, plus c'est difficile, mieux c'est.

Ça m'est venu comme un flash. Je redescends, touche la paroi, arrive au fond du tube et claque ma planche.

Il est temps de rentrer à la maison.

Chapitre quatorze

Mon père est occupé à faire ses valises lorsque j'arrive.

— Quelle heure est-il là où est maman? dis-je.

— Trois heures plus tôt. Pourquoi?

— Penses-tu qu'elle sera debout?

— Pourquoi?

— Parce que nous devons l'appeler.

Il se redresse.

— Tu penses encore la faire changer d'idée, n'est-ce pas?

— Appelons-la. Laisse-moi lui parler.

— Quinn. Écoute. Je suis fauché. C'est elle qui paie les billets. Je n'ai pas d'emploi. Je voudrais rester, mais ce n'est pas possible.

— Il faut que je reste ici. J'en ai besoin.

Je pense à Jasmine. Je me vois quitter Willis Harbor pour toujours et aller vivre à l'autre bout du pays. Je me vois vivre malheureux jusqu'à la fin de mes jours.

— Désolé, mais ta mère a raison. Nous devons partir. Une fois que nous serons là-bas, nous trouverons le moyen de revenir.

— Mais ça pourrait prendre des années.

— C'est possible.

— Je veux lui parler. Je veux qu'elle comprenne mon point de vue. Et je veux que tu l'entendes toi aussi.

La voix de ma mère est ensom-
meillée. Il est encore tôt là-bas.

— J'ai une idée, dis-je. Elle n'est
peut-être pas parfaite, mais je veux te
la soumettre.

Ma mère me surprend en répondant :

— Je t'écoute.

— Ton cours achève, n'est-ce pas?

— Oui.

— Et si tu revenais ici diplôme
en poche, tu pourrais trouver un emploi,
n'est-ce pas?

— J'ai déjà trouvé un emploi.
Et les salaires sont beaucoup plus
élevés ici.

— Mais le coût de la vie est plus
élevé aussi. Tu l'as dit.

— Ouais, c'est vrai. Mais nous
pouvons nous adapter.

— Pourrais-tu trouver un emploi
ici dans ton domaine?

— Je pense que oui. Mais ton père
est déjà inscrit au cours et bientôt,

nous aurons tous deux de bons emplois.
C'est ce dont nous avons rêvé.

C'est ce dont *ma mère* a rêvé.
Mon père, lui, aurait été plus heureux
à Willis Harbor, à travailler dans la
vieille usine puante.

Une étrange lueur brille dans ses
yeux lorsqu'il me regarde. Il n'a pas
envie de partir.

— J'ai une proposition à te faire,
dis-je à ma mère. Tu finis ton cours
et tu reviens. Nous vivons ensemble
pendant que tu travailles et que papa
reçoit sa formation là-bas.

— Mais nous ne serions pas encore
tous réunis, dit-elle.

— Je sais, mais ce serait une situation
temporaire, n'est-ce pas?

— Oui, j'imagine. Tu veux dire qu'il
reviendrait après son cours?

— Ce n'est pas tellement long.
Il serait de retour avant la fin de
l'année scolaire.

Mon père a cessé de faire ses bagages. Il sourit maintenant.

Ma mère hésite.

— Ce n'est pas du tout ce que ton père et moi avons convenu. Qu'est-ce qu'il en dit?

Mon père ne dit rien. Il se contente de lever le pouce en signe d'approbation.

— Je pense pouvoir le convaincre.

Ma mère ne dit rien. Mon père a les larmes aux yeux.

— Et si nous acceptons, dit ma mère, si nous faisons ce sacrifice pour toi, que feras-tu en retour?

— Je vais travailler à l'école comme un forcené. Mes notes vont s'améliorer.

Ces paroles, venant de moi, sont invraisemblables. Et je n'ai toujours eu que des D et des E. Certains de ces D n'étaient même pas mérités. Je viens de promettre d'obtenir des C. Et je peux y arriver, avec l'aide de Jasmine. J'en suis certain.

Mes parents sont muets de stupéfaction. Je n'ai jamais, de toute ma vie, performé à l'école. Mais voilà, c'est dit. Il faut que je tienne ma promesse. À la condition, bien sûr, qu'ils suivent *mon* plan.

— Passe-moi ton père, dit-elle.

Je lui donne le récepteur.

— Donnons-lui une chance, dit-il.

Mais je sais que ma mère est déjà convaincue.

Jasmine et moi ne retournons à Willis Harbor qu'au printemps. Cette fois-ci, c'est ma mère qui nous conduit. Jasmine et elle ont fait connaissance depuis qu'elle m'aide avec mes leçons. Je suis embarrassé d'être aussi lent et d'accaparer ainsi son temps d'étude, mais j'adore être avec elle.

Mon père n'apprend pas facilement. Il est comme moi. Nous ne sommes pas des 100 watts à l'école. Mais il va réussir, et revenir. Nous serons enfin tous ensemble. Ça ne se déroule pas comme prévu pour ma mère. Elle a un emploi, mais c'est du travail de bureau. Personne ici ne semble disposé à engager une femme comme opératrice de machinerie lourde. Mais elle est convaincue que ça va changer. Elle ne se décourage pas.

Au cours de l'hiver, Hodge et moi sommes devenus amis, ce qui a eu pour effet de nous changer tous les deux. Nous ne sentons plus le besoin de rivaliser au planchodrome. Nous sommes en quelque sorte alliés, bien que chacun demeure un mystère pour l'autre.

Il ne m'a jamais remis les vingt dollars qu'il me devait, mais je laisse aller. J'apprends à laisser aller. *Accroche-toi aux bonnes choses. Laisse aller les mauvaises. Et ne garde pas rancune.*

Je lui ai promis de l'amener à Willis Harbor et de lui montrer les corniches. Mais ça, c'est pour plus tard.

En cette matinée de printemps fraîche et ensoleillée, Willis Harbor semble morne. Maisons vides, rues désertes. Mais la mer brille au loin. Et pour moi, la mer est un symbole d'espoir.

— Je veux vivre au bord de la mer un jour, dit Jasmine.

— Ouais, moi aussi, dis-je.

Nous arrivons à notre ancienne maison. Elle paraît inhabitée depuis plusieurs années plutôt que quelques mois.

Ma mère me surprend lorsqu'elle tourne dans l'entrée. Elle ouvre la porte et entre. Jasmine et moi la suivons.

Un autre voyage dans le temps. Je montre à Jasmine mon ancienne chambre à coucher. Les meubles sont encore là. Il y a de la poussière et des toiles d'araignées partout. Elle se dirige vers la fenêtre et regarde dehors.

— On voit l'océan à partir d'ici. Et on voit les rochers.

— C'est ce que je voyais chaque matin au réveil.

— Je gage que tu serais prêt à revenir ici aujourd'hui même.

— Non, dis-je. J'ai fait une promesse au sujet de l'école. Et je ne peux pas la tenir sans toi.

Elle fait signe que oui. Elle sait que c'est vrai.

Nous laissons ma mère seule à la maison, même si je vois qu'elle n'est pas tout à fait à l'aise. Nous prenons nos planches dans la voiture et nous dirigeons vers les corniches.

Comme les rochers plus bas sont mouillés, nous restons sur les hauteurs. Mais le granite est plus lisse que jamais. Nous roulons avec soin et l'expérience n'en est que plus belle.

C'est une danse, une danse sur granite et fond de mer bleu ardoise.

Nous marchons ensuite vers la pointe, là où les rochers sont rugueux, mais où l'on peut grimper plus haut et voir plus loin à l'horizon.

— Penses-tu vraiment revenir t'installer ici un jour? demande-t-elle.

— Un jour, mais pas tout de suite.

Lorsque nous arrivons à la maison, ma mère est en train d'enlever la pancarte *À vendre*. Le temps est devenu froid et humide. Des nuages menaçants roulent vers nous, portés par le vent marin. L'avenir est incertain. Il y aura des hauts et des bas. Il y aura des obstacles à franchir, mais ils ne nous arrêteront pas. Ils nous serviront de tremplins pour atteindre de nouveaux sommets et affronter de nouveaux défis. Quels qu'ils soient.